あれから何処へ

写真　浅井愼平
装幀　明星秀隆

微かな砂漠の匂い
ロスアンゼルスの真昼
カフェテラス
遥かな空に
針のような銀色のジェット機

ラジオからイーグルス
ホテルカリフォルニア
ぼくが煙草をやめた
遠い夏の日
星は回り
晴れた日には永遠が見える。

# ノルマンディ裸足で歩く終戦日

雑踏や海を見にゆくこころかな

地球儀に埃積もれり春の月

川渡る蛇そこだけが暗い夏

水晶に旅した夏や少年期

蒼茫の裸身晒せば晩夏光

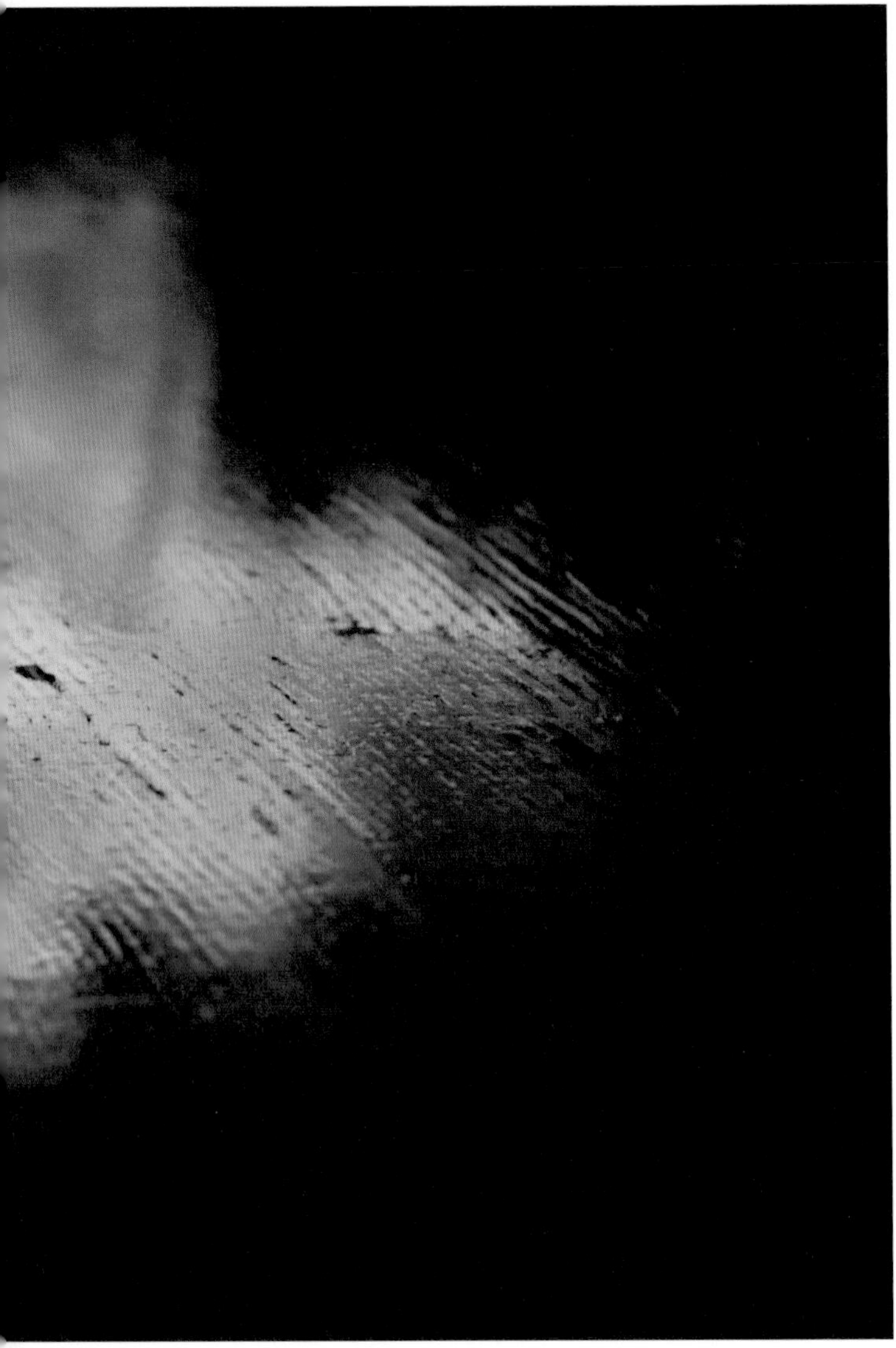

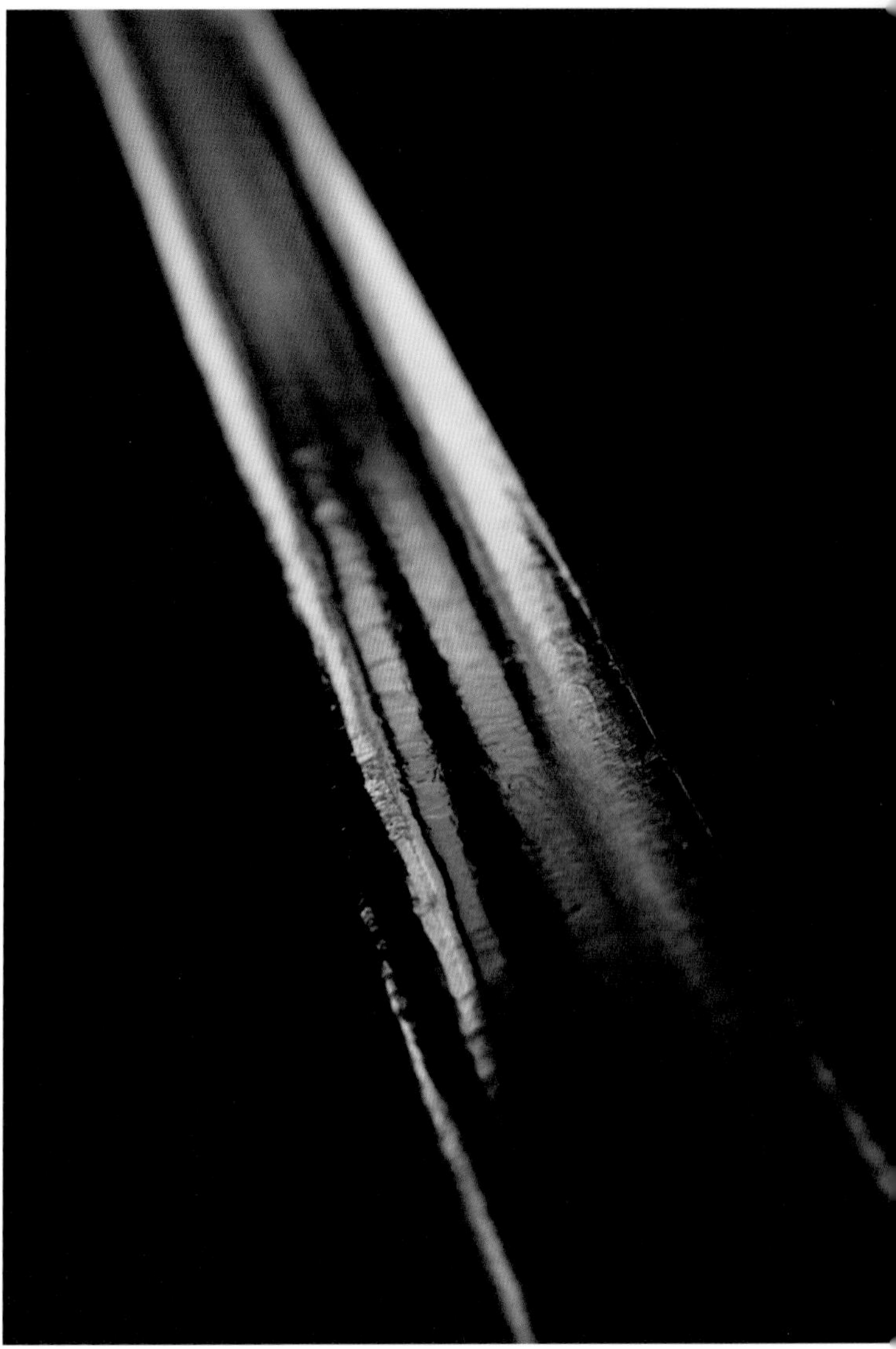

螢舞う亡き友かも知れず追う

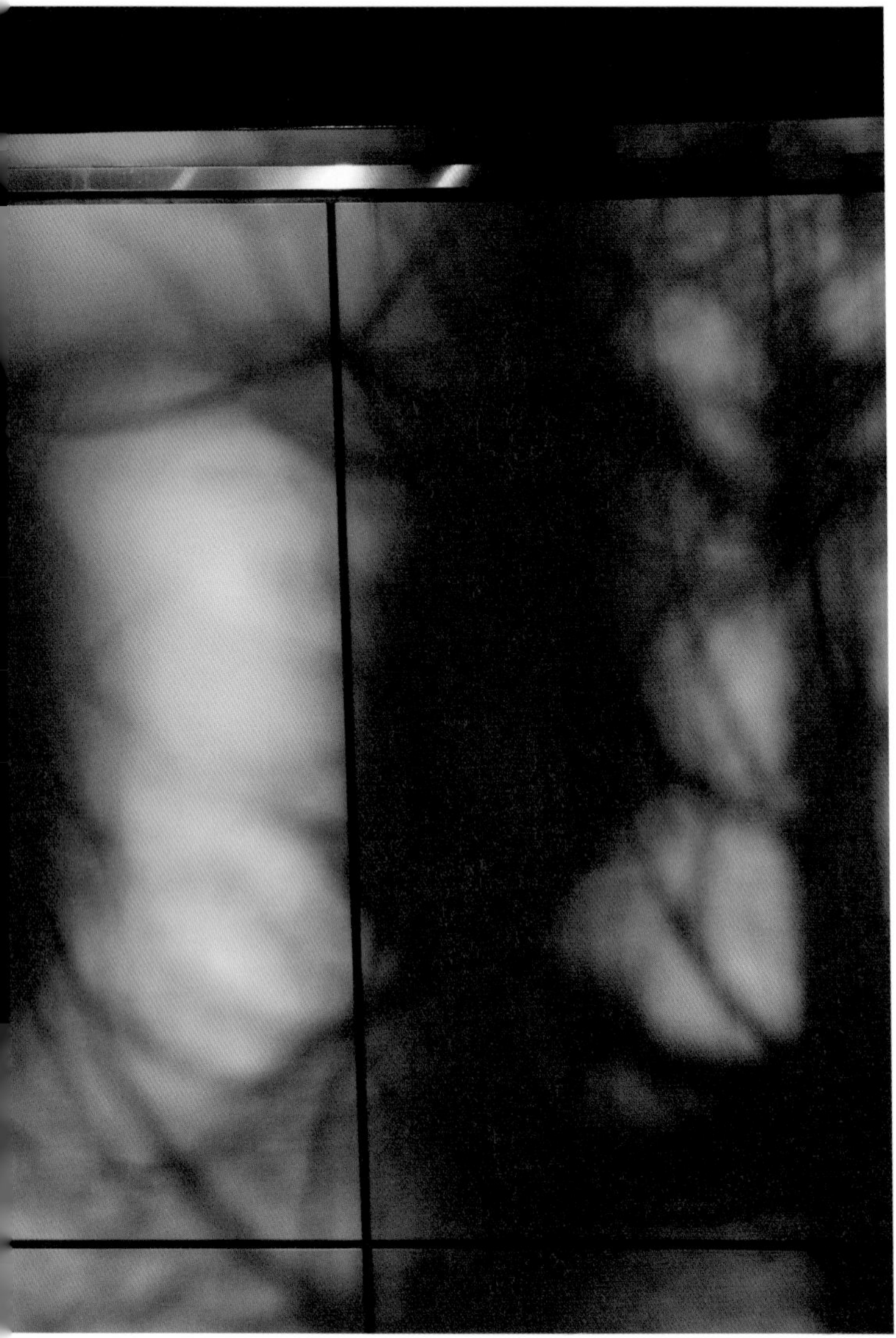

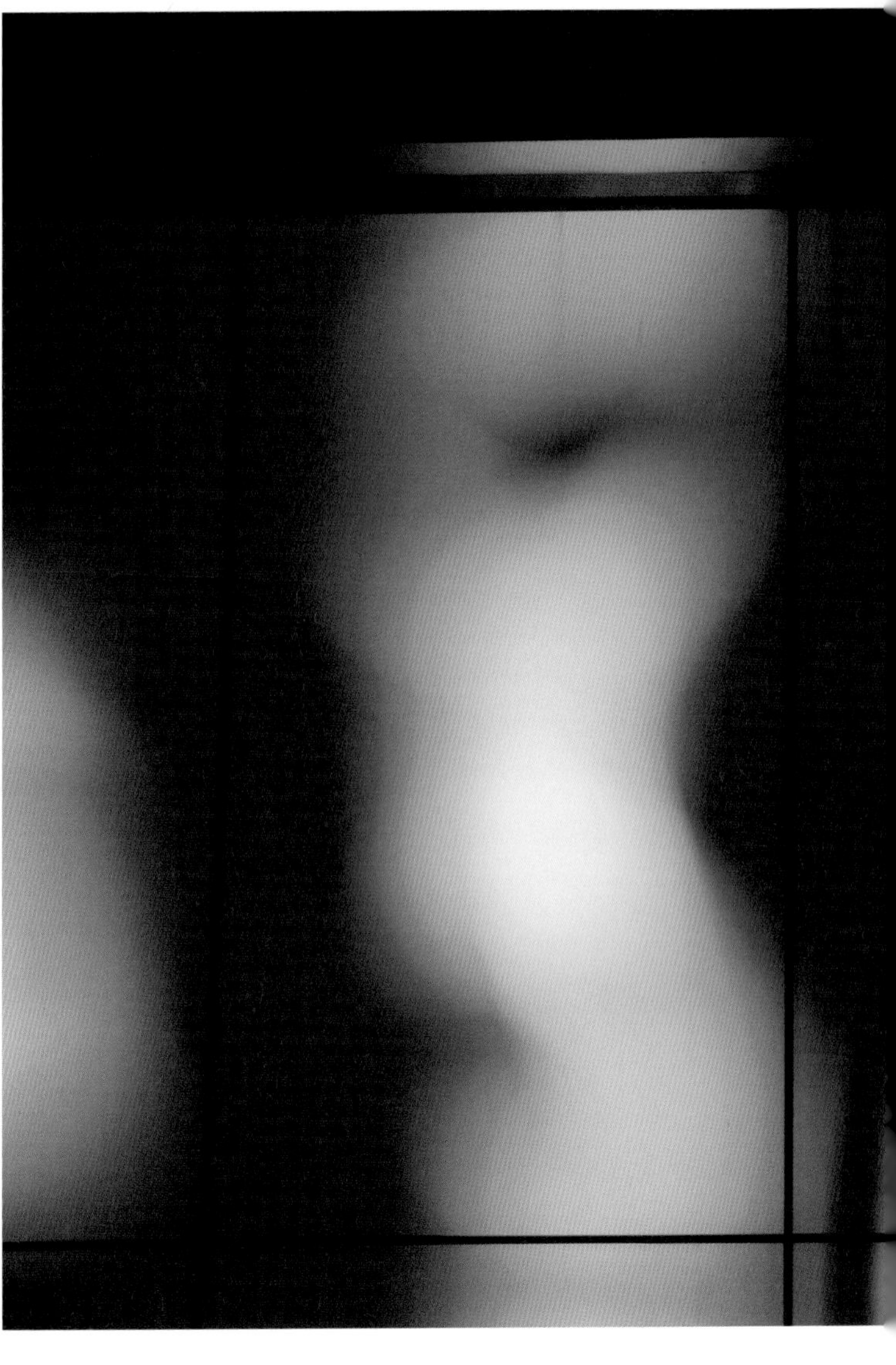

雲抜けてあれから何処へ銀ヤンマ

こほろぎの鳴いて真昼の飛行雲

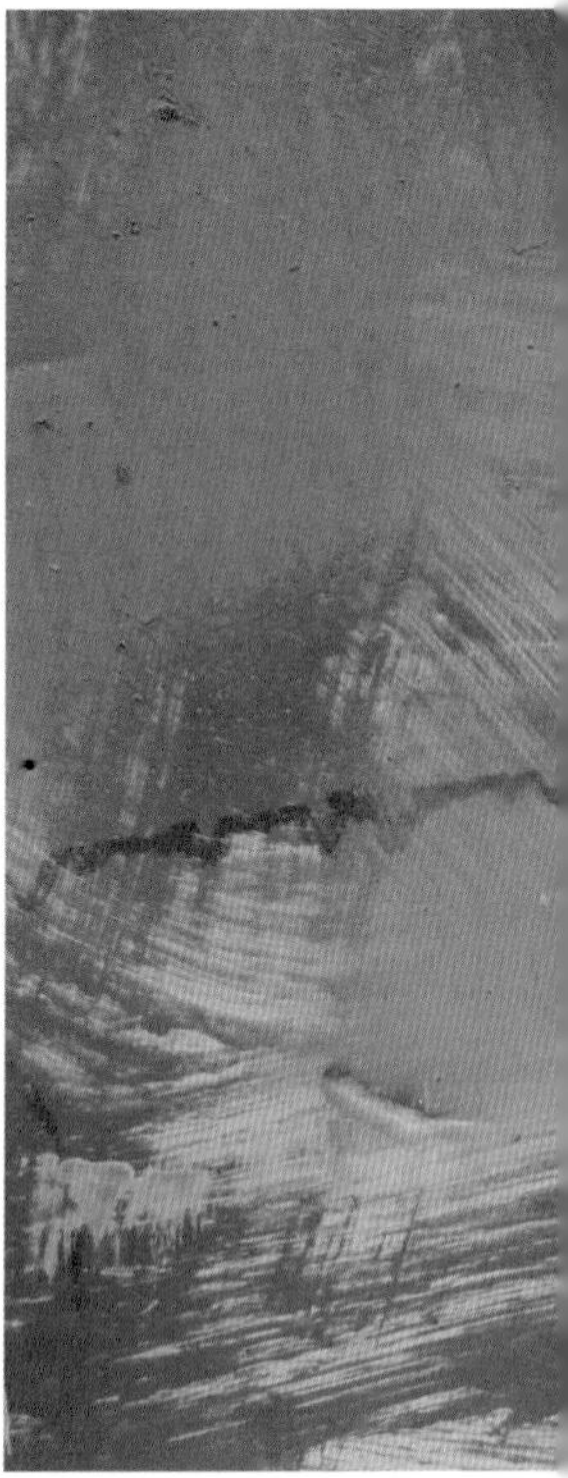

寂しいぞ放哉海も暮れ切って

WOODRUFF
5210

遠花火港の灯りの遥か上

肥後守ポケットに入れ終戦日

青蛙孤独を知らず日の暮れる

ゴンドラの眠れば仮面の人過ぎる

# 月光の結晶となる星に住む

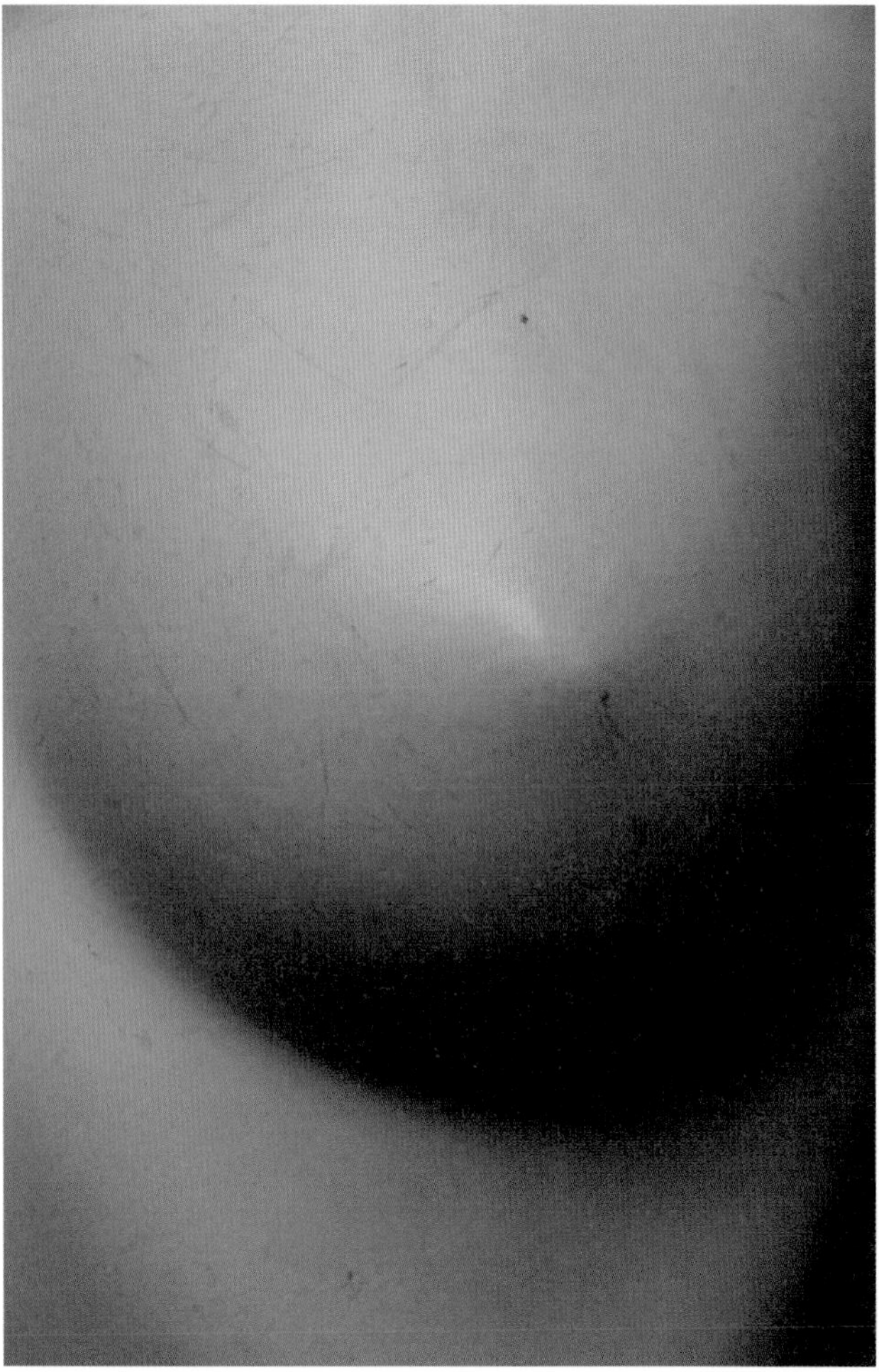

夏の夢友よゲバラよ銃声よ

夏草やゲバラの夢の雲の下

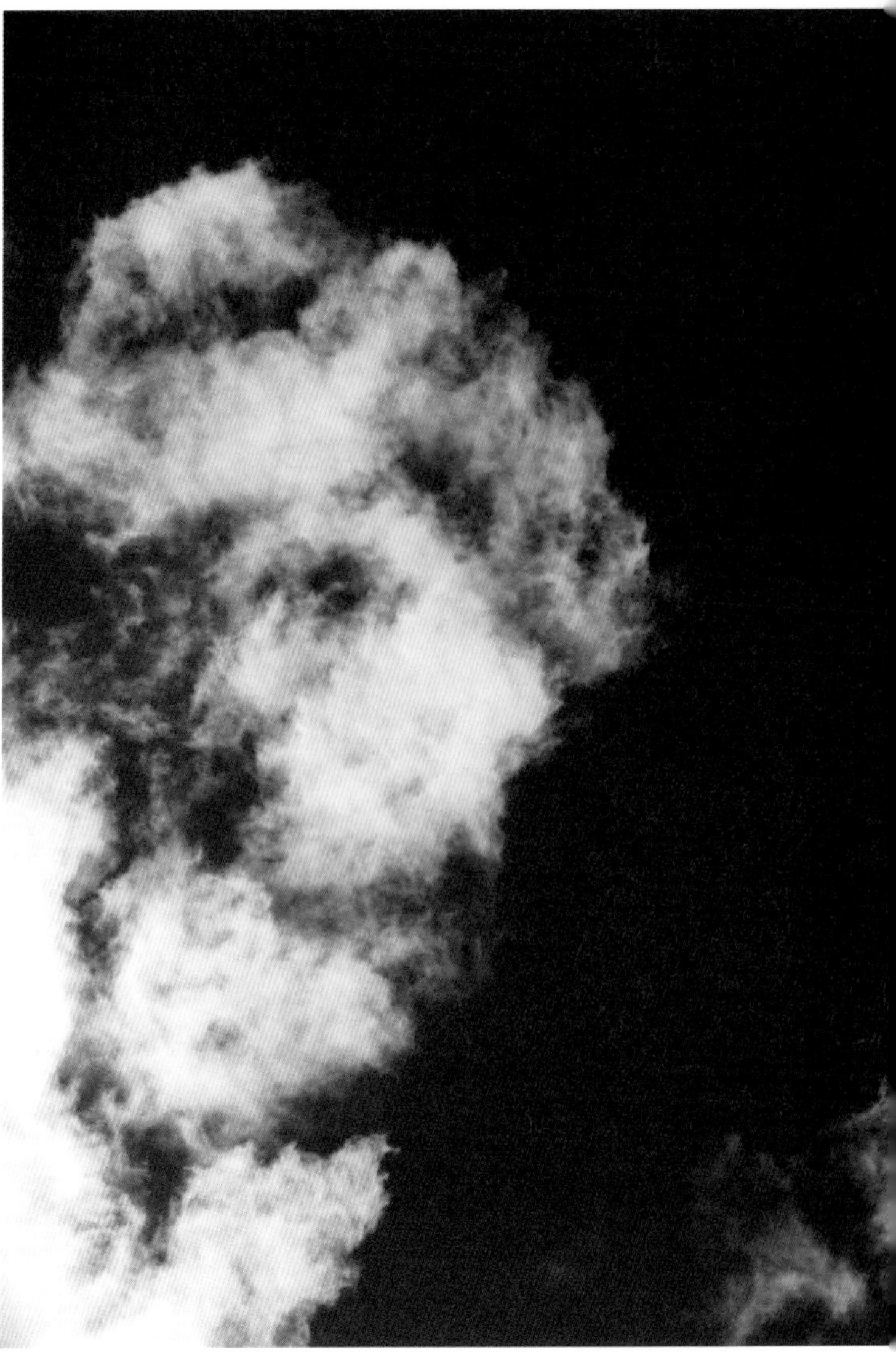

# 古りにけり銀河鉄道時刻表

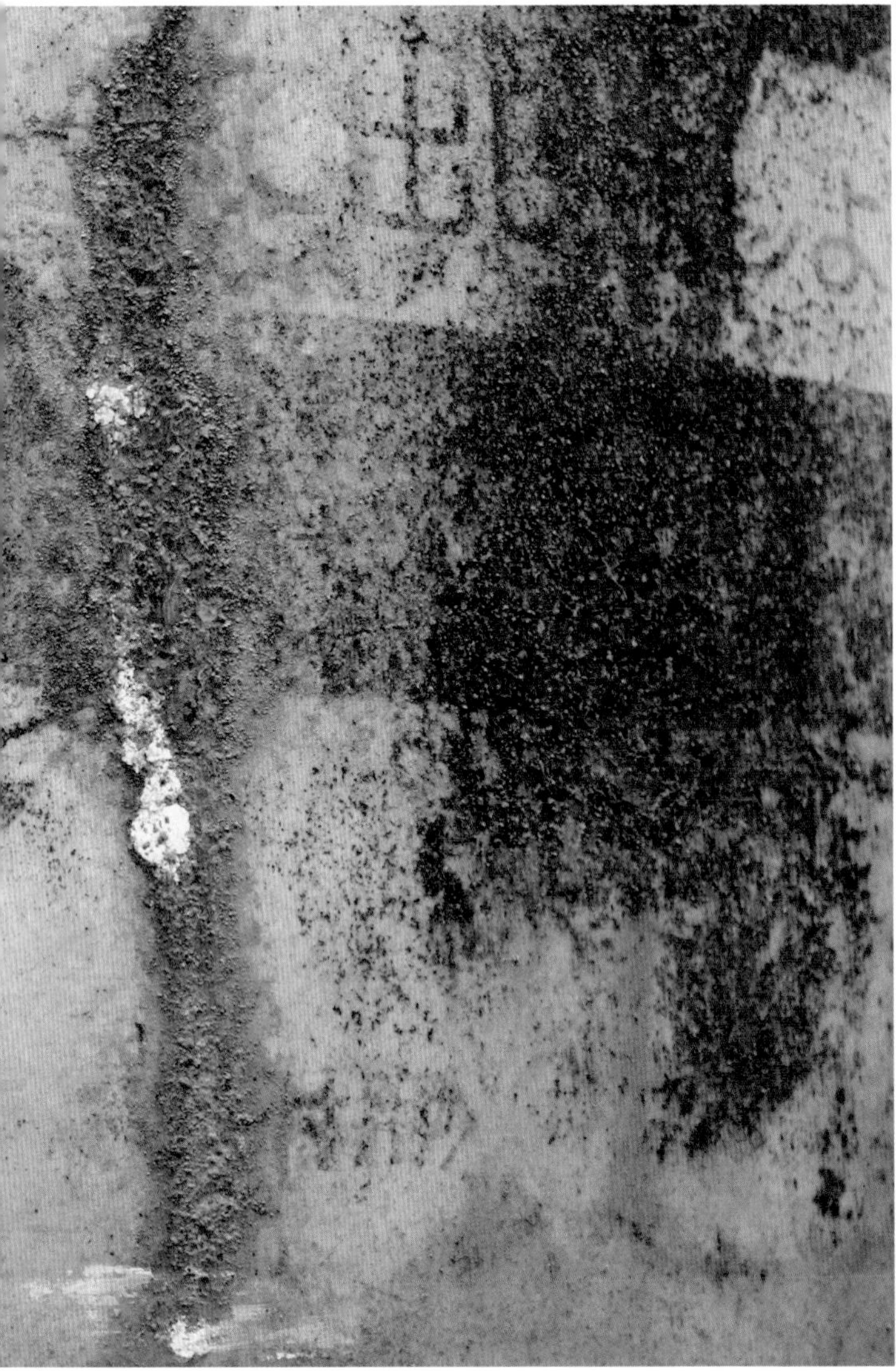

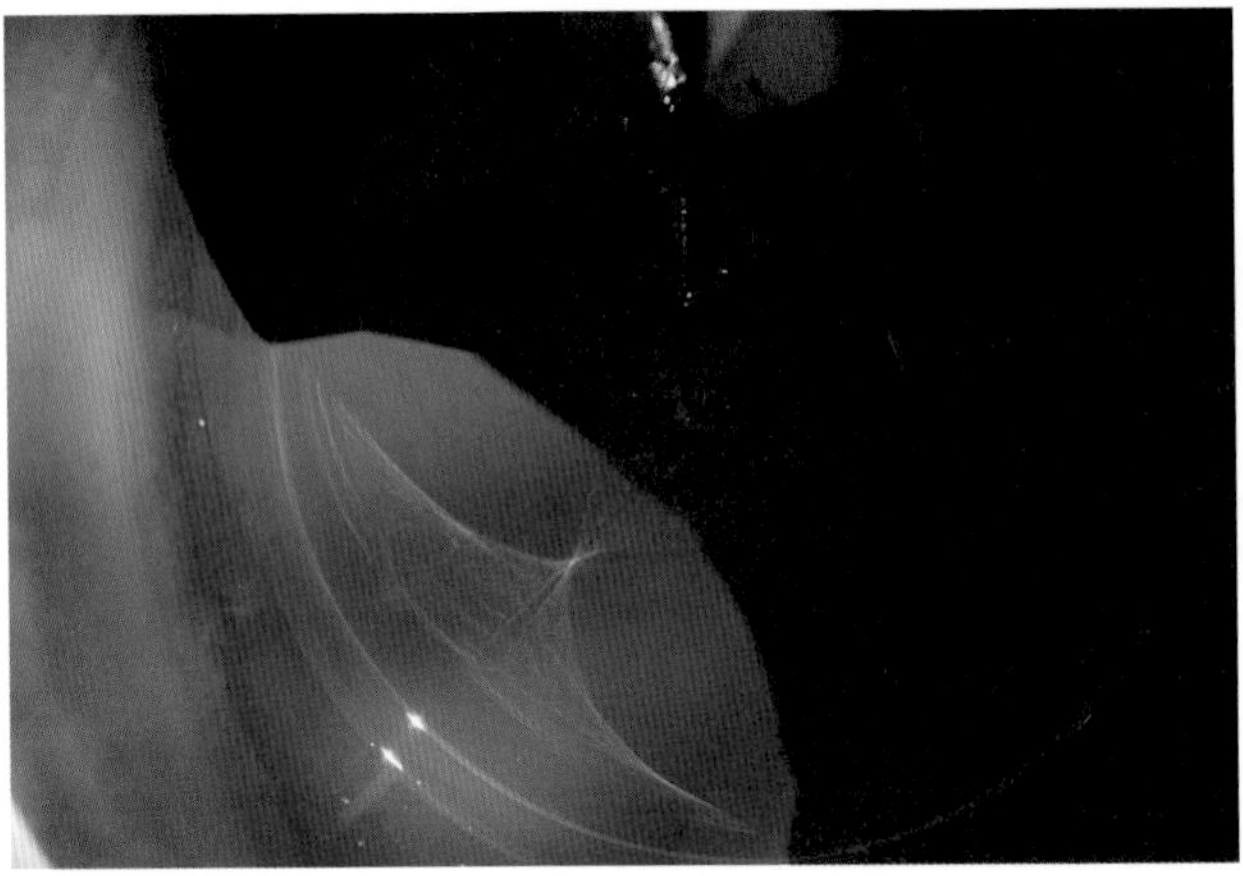

ムツゴロウ命を飛べば泥に落つ

# 夏休み猫の昼寝の自由形

雨粒のいつしか辿る地中海

沖泳ぐ永遠見える晴れた日に

少年の戦場知らず雲湧けり

潮騒や青空抱いて蟬の骸

ある朝の枕辺にある檸檬かな

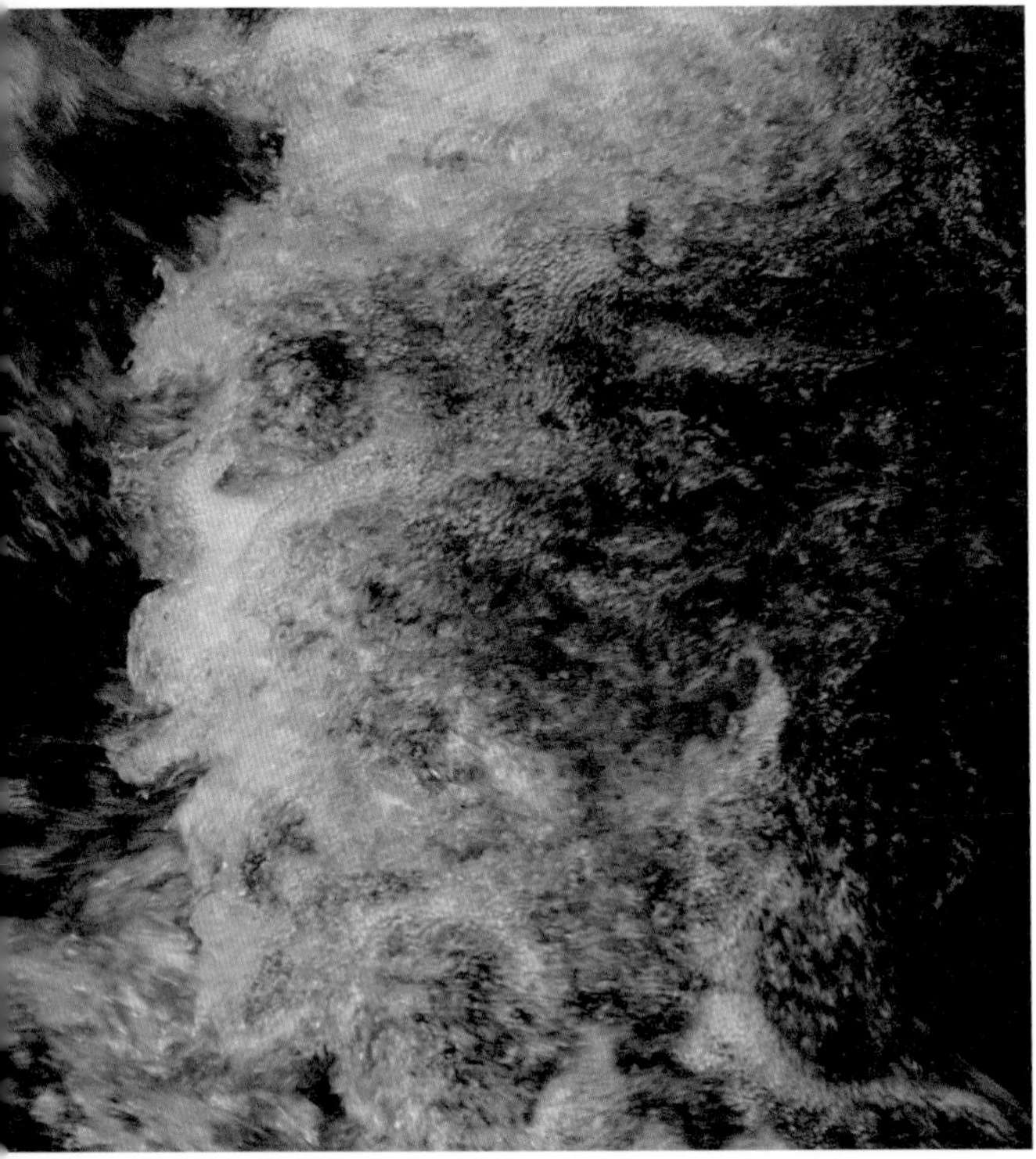

茫々と風は吹くなり鮟鱇に

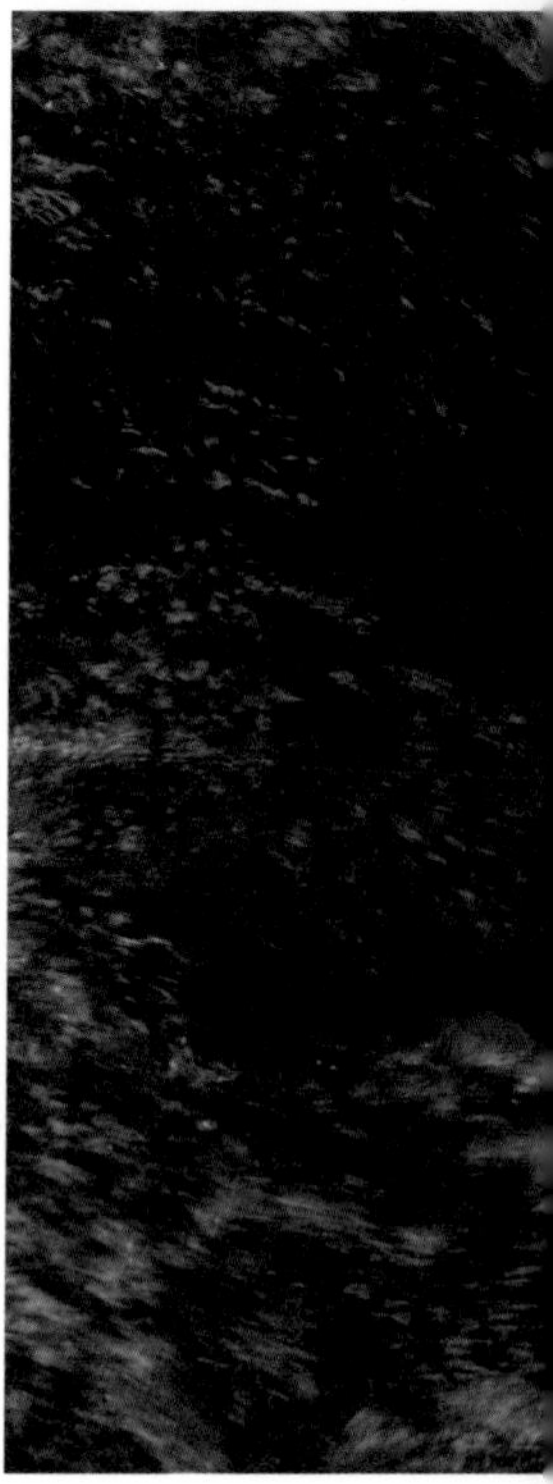

人の世に哲学のあるらし海鼠かな

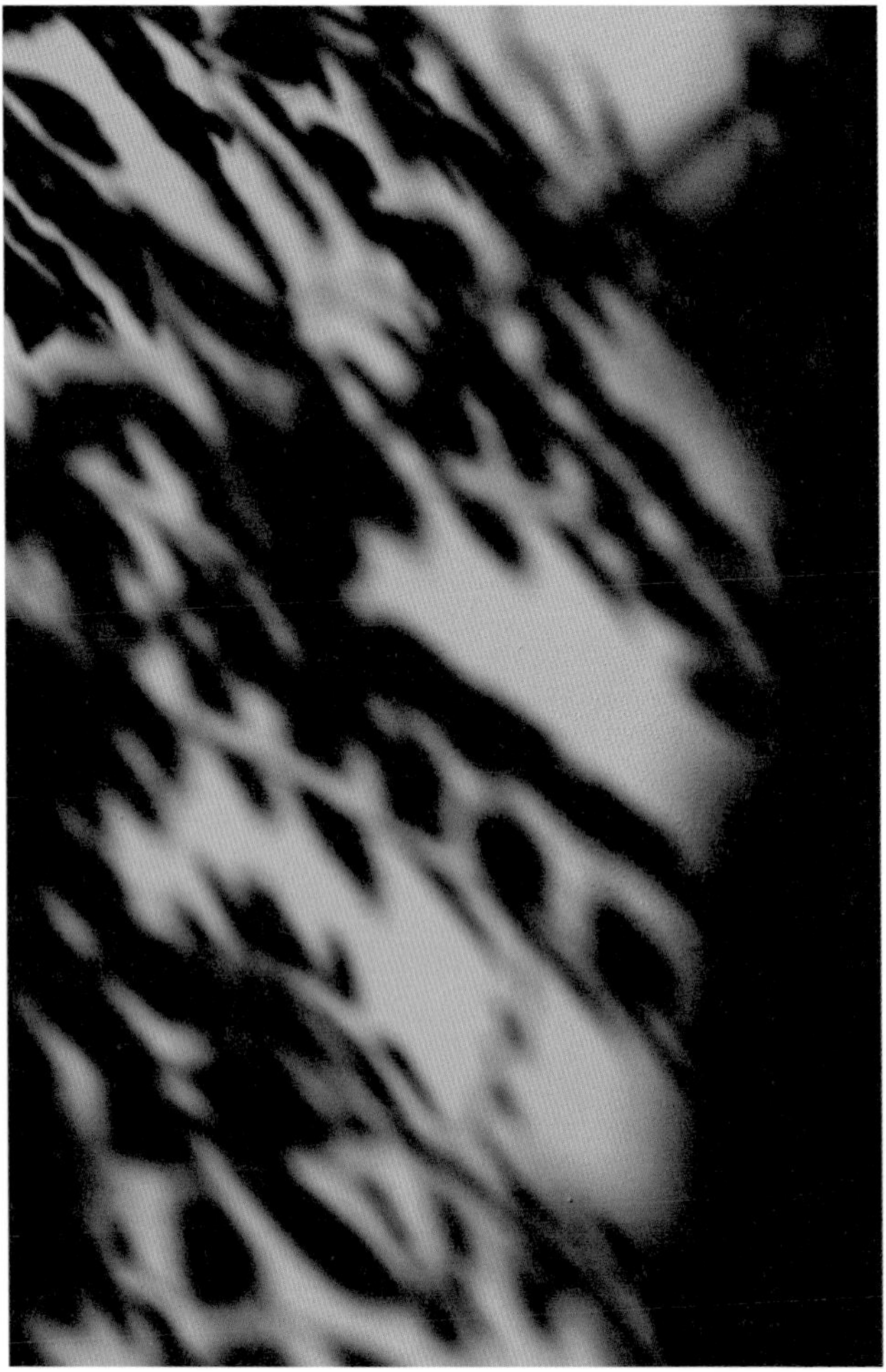

放哉に桜は儚く降るばかり

# 表札の橋本忍梅雨の頃

こころにも雲浮いている夜寒かな

思わずの泪に似たる螢かな

# ジプシーのギター焚火の向う側

二本目の燗の酒なり秋の雨

河底に小石拾えば夏終る

pe Cod

蟬しぐれ駅に一人や旅鞄

消息の絶えて久しく雁渡る

# 昼の星砂漠の果てのグッドバイ

雪くれば指のピストル外套に

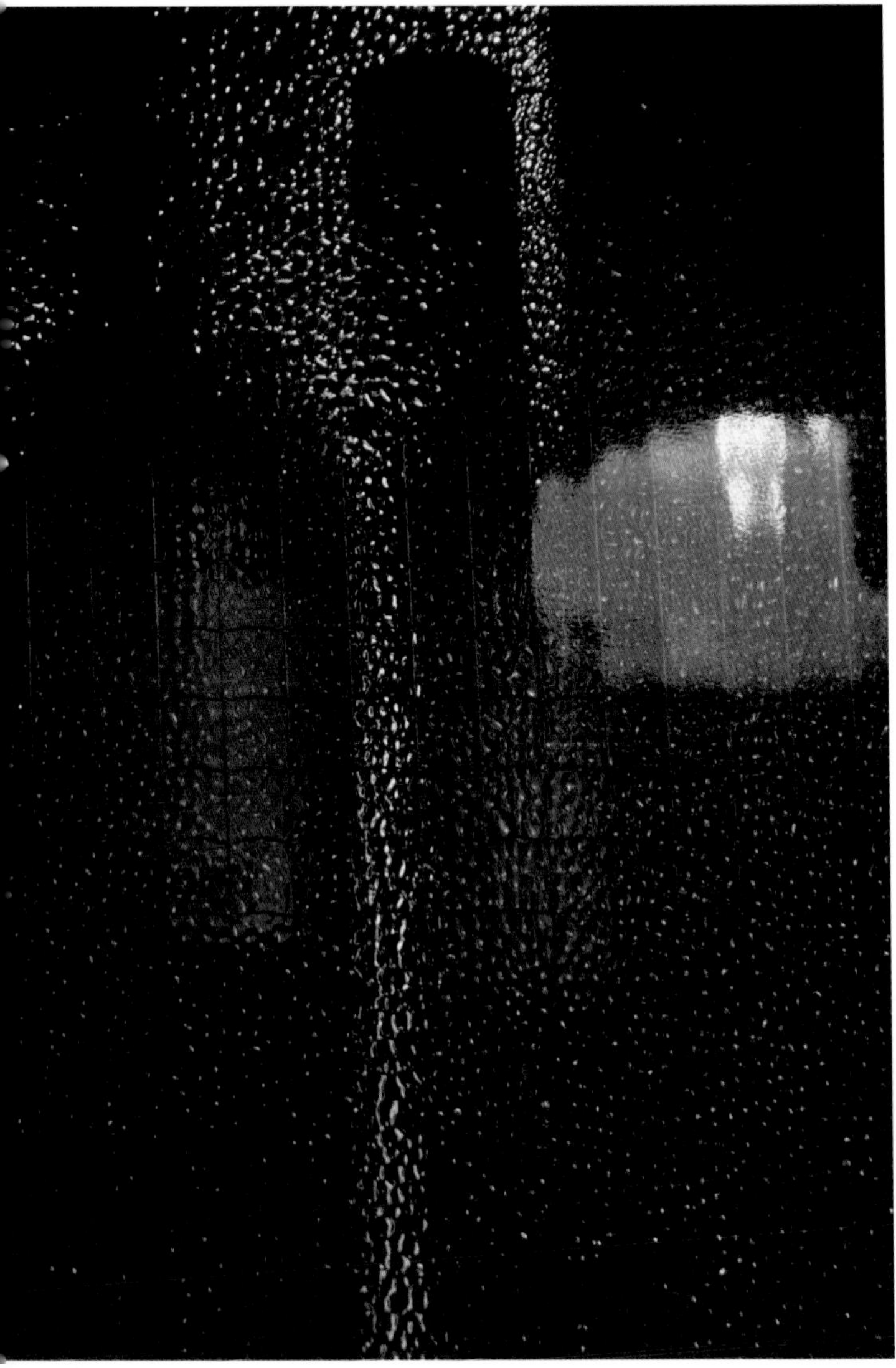

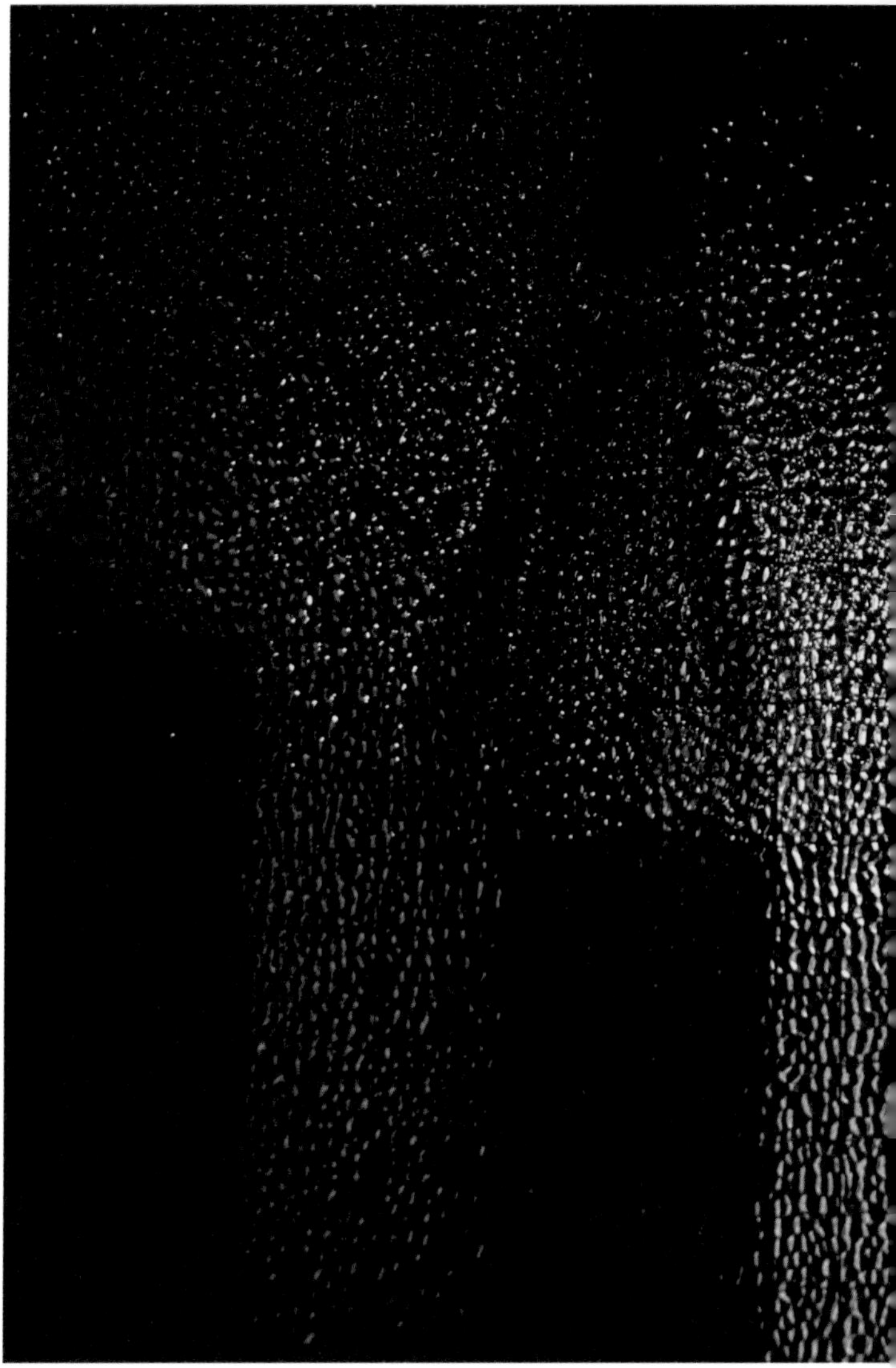

感傷は見せず向日葵枯れはじむ

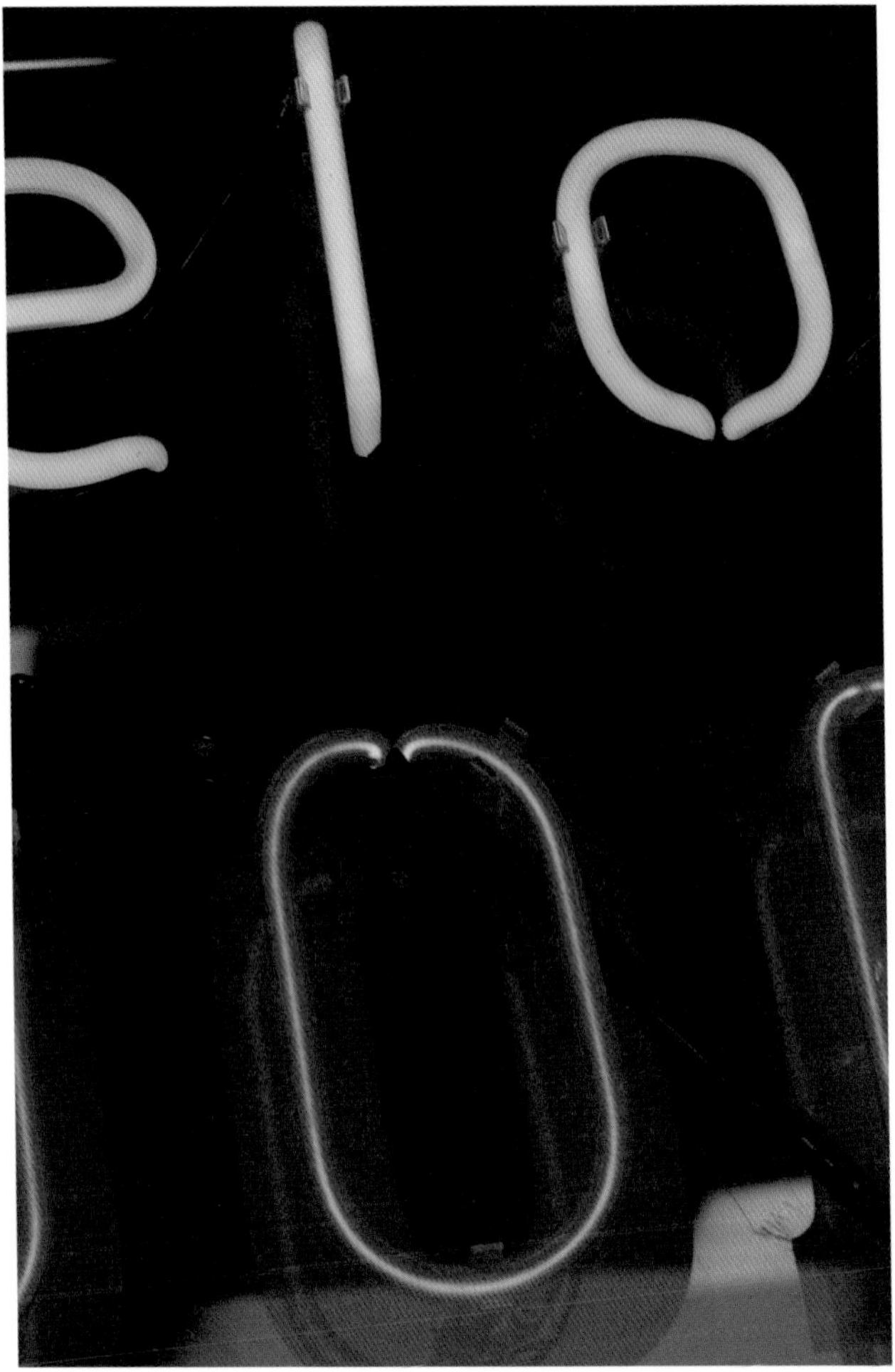

# 晩夏なりカサブランカのバーピアノ弾き

驟雨来て蓑というものいまはなく

# 珈琲はキリマンジャロ雪の日に

指切って鮮血草にしたゝりぬ

貧しさの町の軒先野菊かな

MISSING CAT!!!
COCO – Chocolate Persian with summer haircut
Beloved family pet has not come home since Tuesday, Aug. 6. Last
seen on Hanna Lane by Tallix complex where we live. He is very
friendly and responds to his name. If anyone has any information
pls Call Mary immediately: 917-204-9573.
REWARD

秋の風泣くことはなく寂しけれ

雪の日や数式解けず暮れにけり

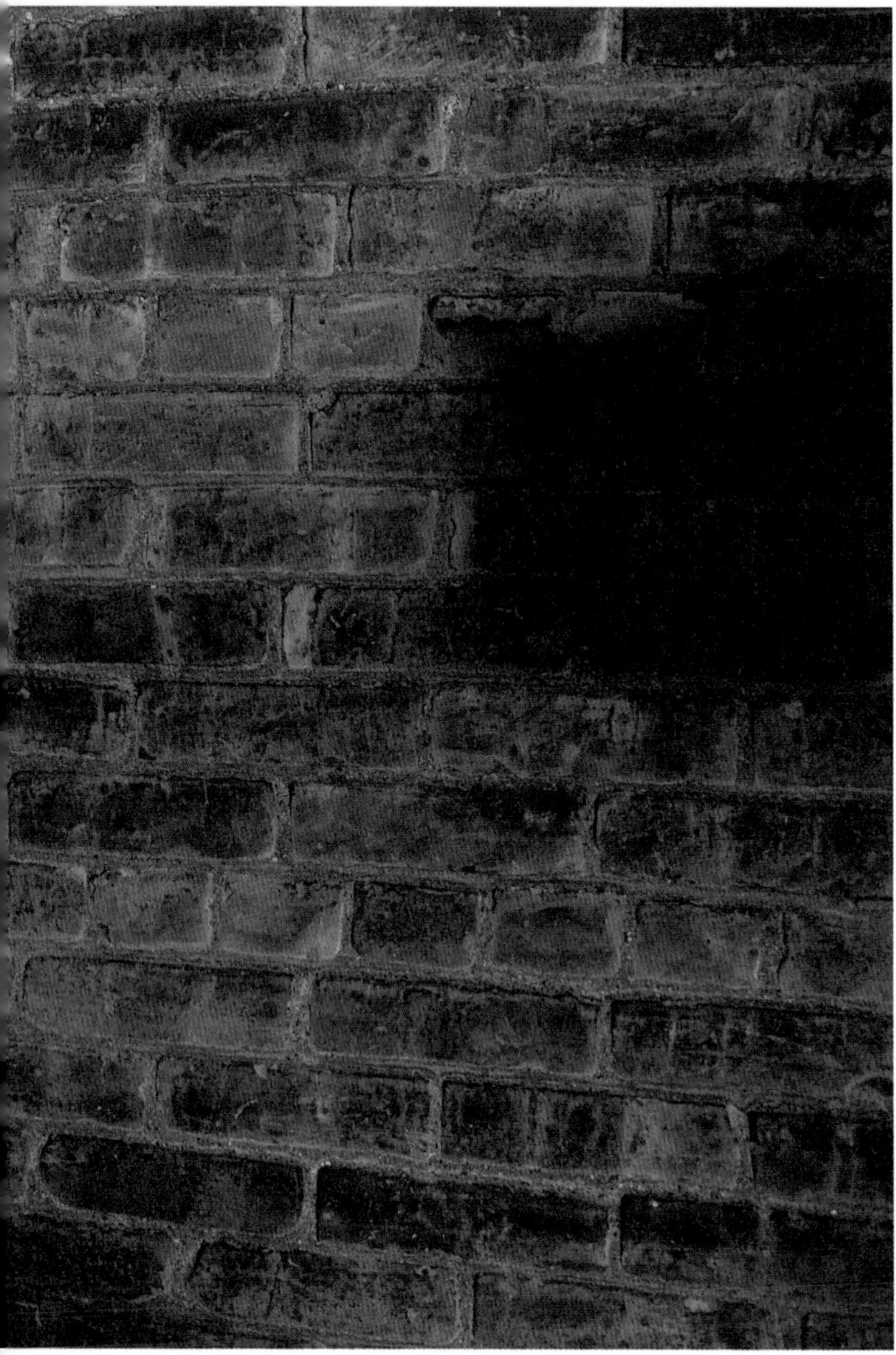

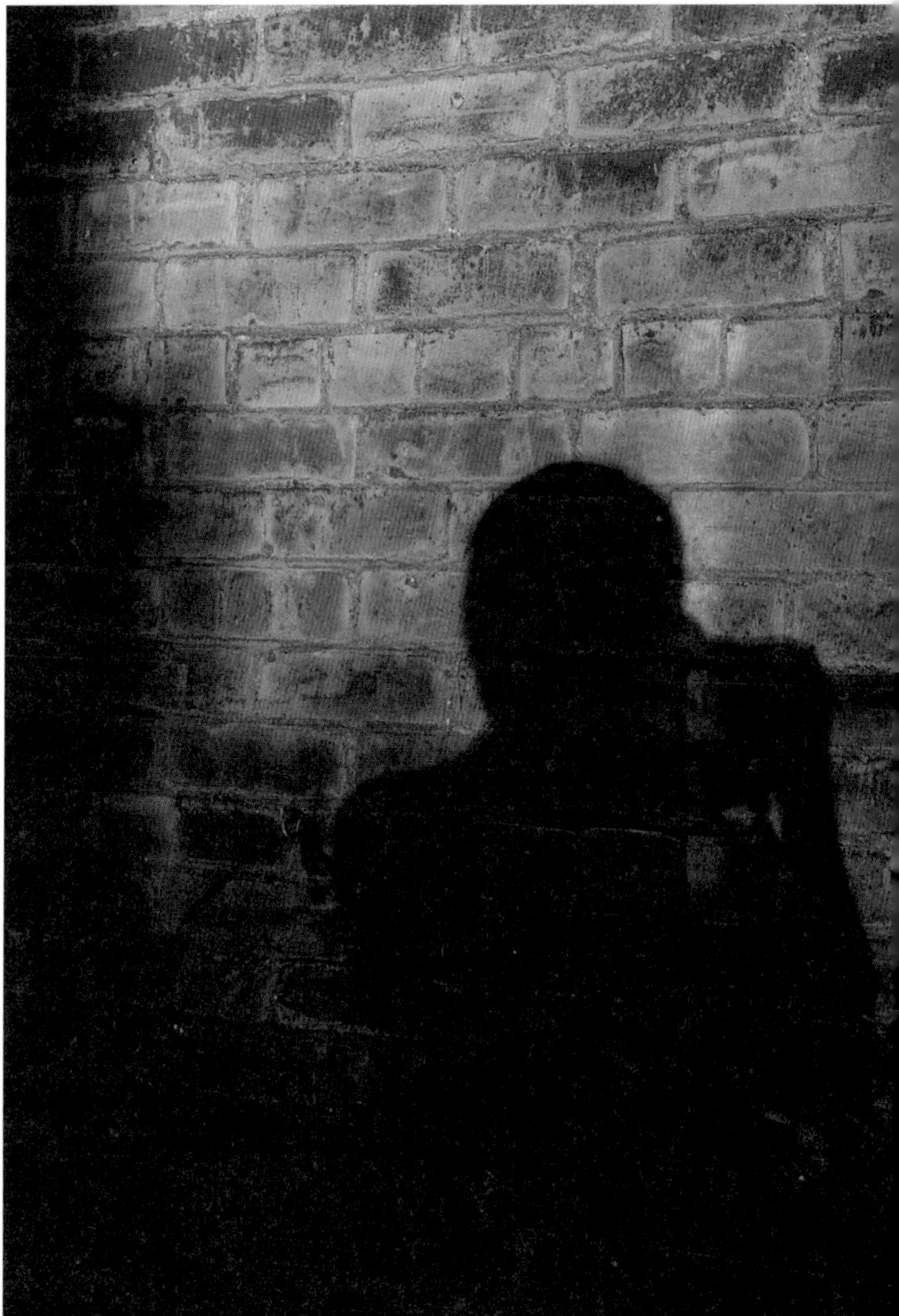

# オリーブの影はシーツに地中海

チェロ弾きに会いに行く道すみれ草

あゝ晩夏草原の匂い風の中

指先の細き葉巻やタンゴ聴く

葉巻吸うキューバンシャツの白きかな

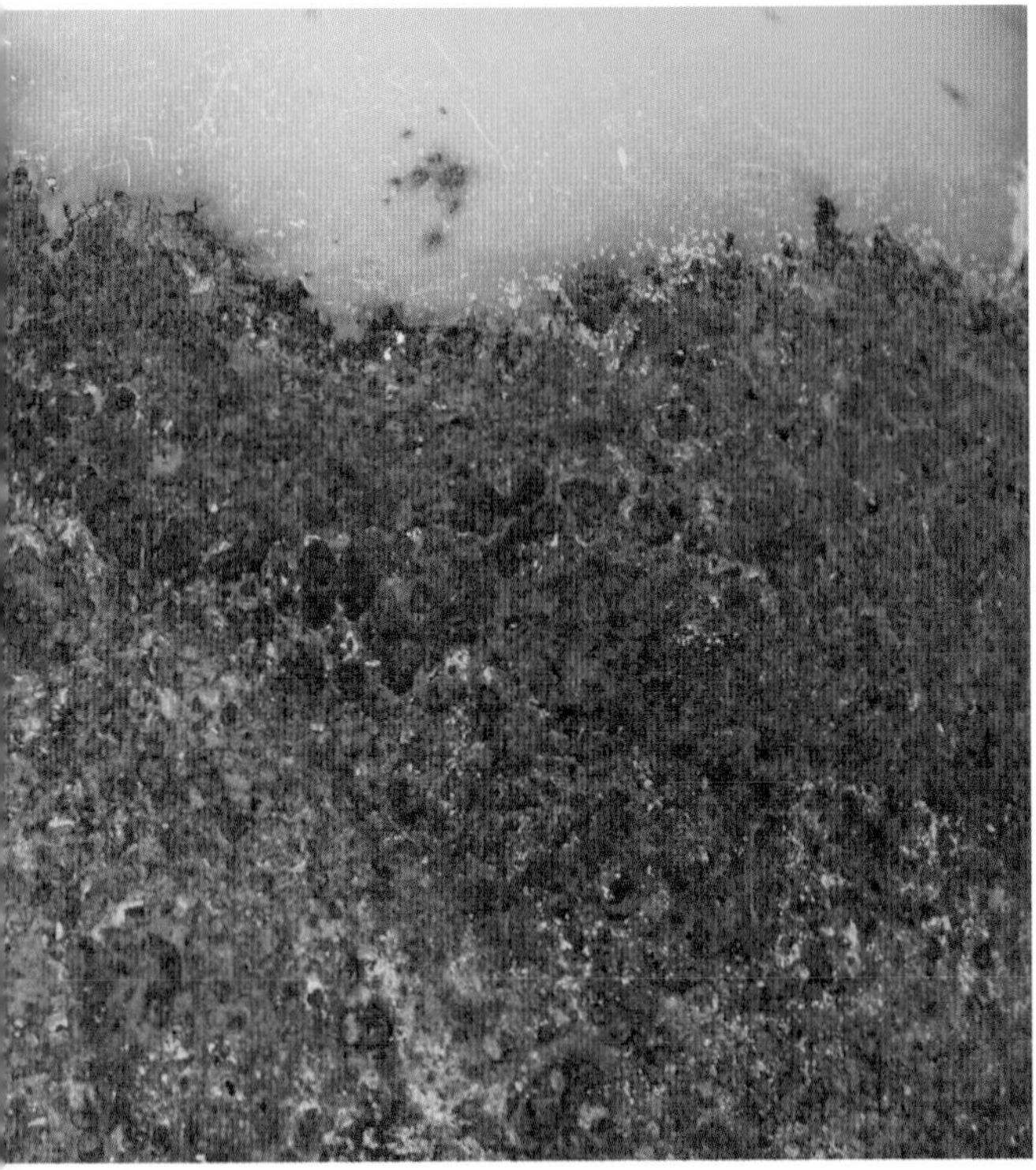

少年よ俺も君だった兜虫

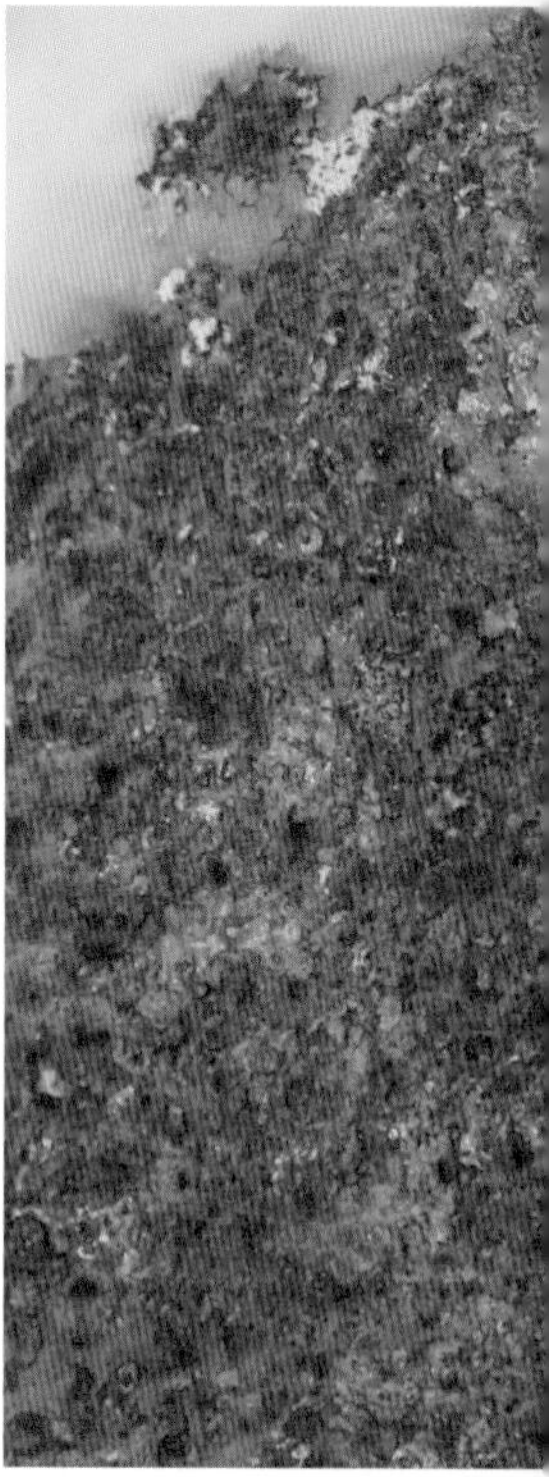

# 兵士らの蛇食べていた終戦日

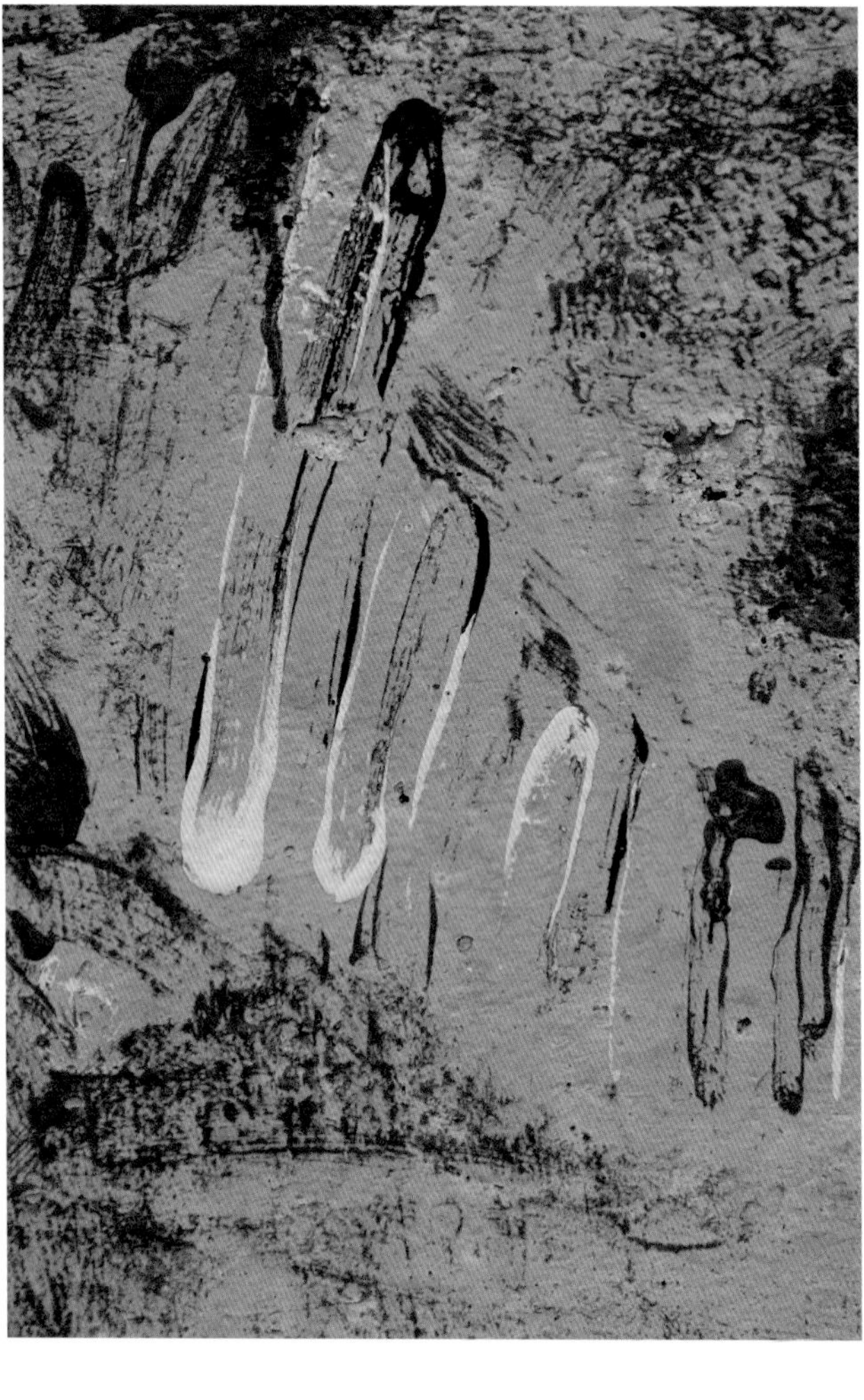

航跡や遥か彼方というこころ

ひまわりを積んでゴンドラ人見えず

人の世に海胆や海鼠や阿修羅かな

輝ける蜥蜴眞昼の葬儀かな

# 外燈の点いて眞昼のマグリット

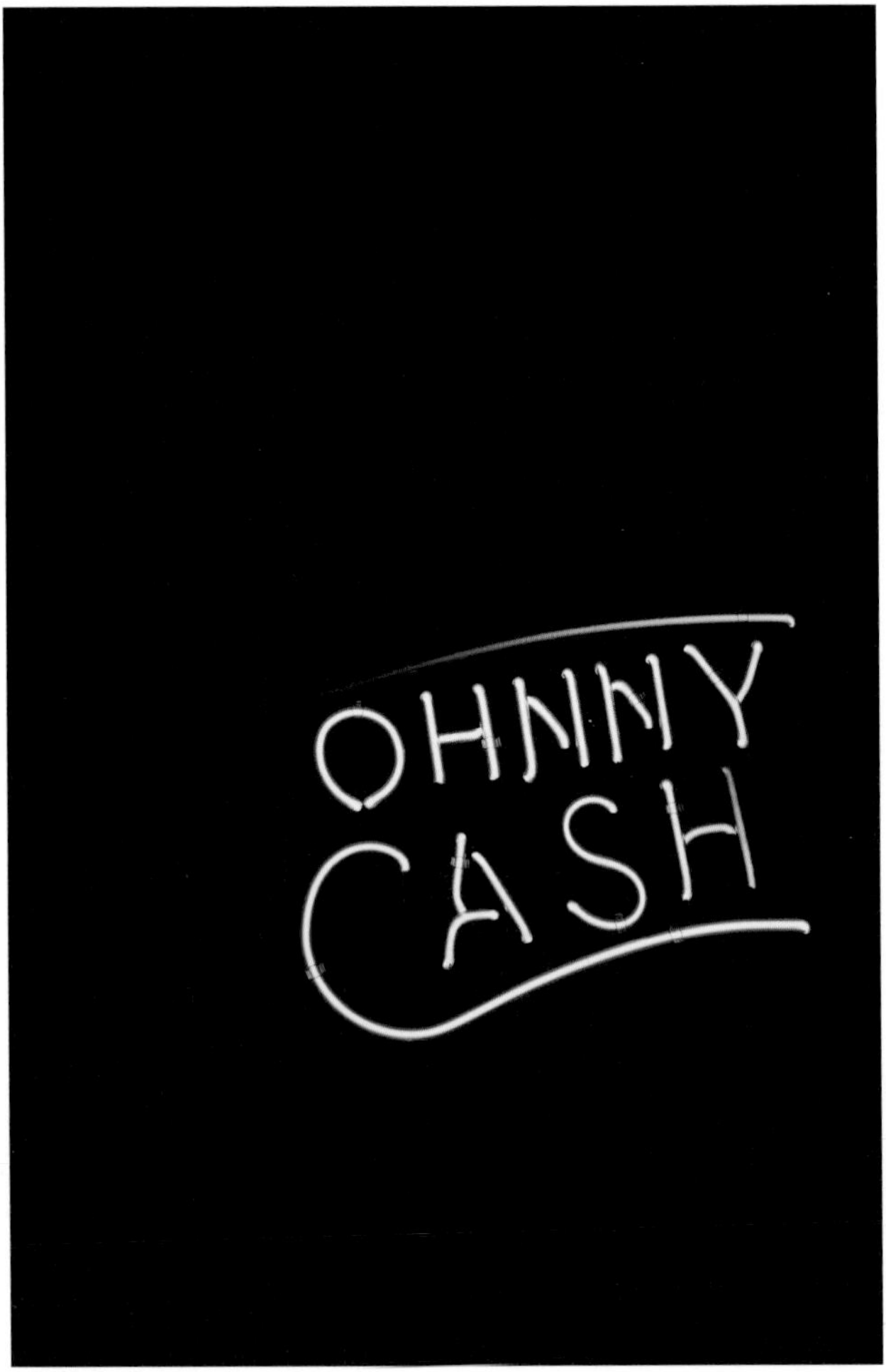
OHNNY
CASH

終列車遠ざかるとき遠き雷

Windows
on
Main St.
BEACON, NY · 2013

すれ違う村人の手にすみれ草

GRAND CENTRAL
TERMINAL
NEW YORK

内緒だよ月をかすめる一輪車

CAVALLI
JEWELRY

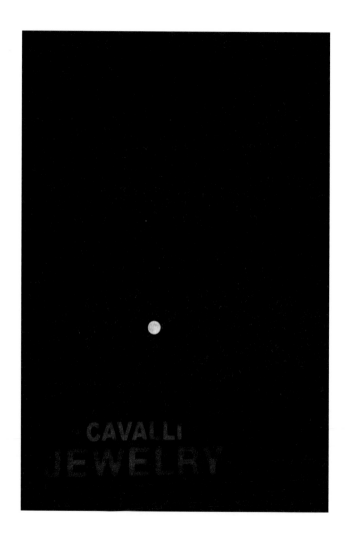

月光や夢見る蛸は壺の中

水晶を握れば遥か雲湧ける

油蟬空を抱えて逝きしかな

赤き薔薇こぼれて真昼ローマ駅

河童にはえず遠野の走り雨

翳る陽にこころの何処か驚きぬ

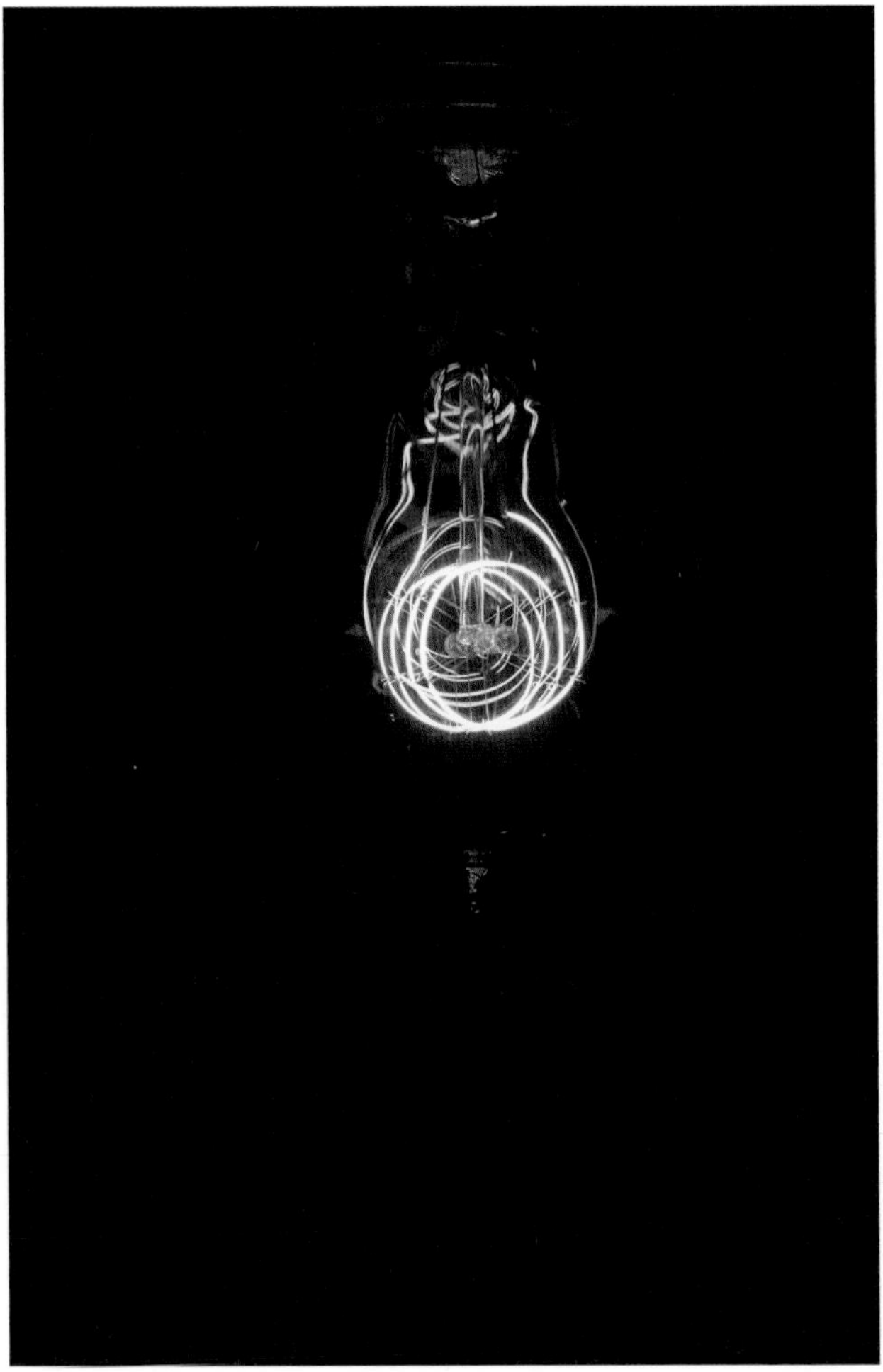

月光や星空に指入れてみる

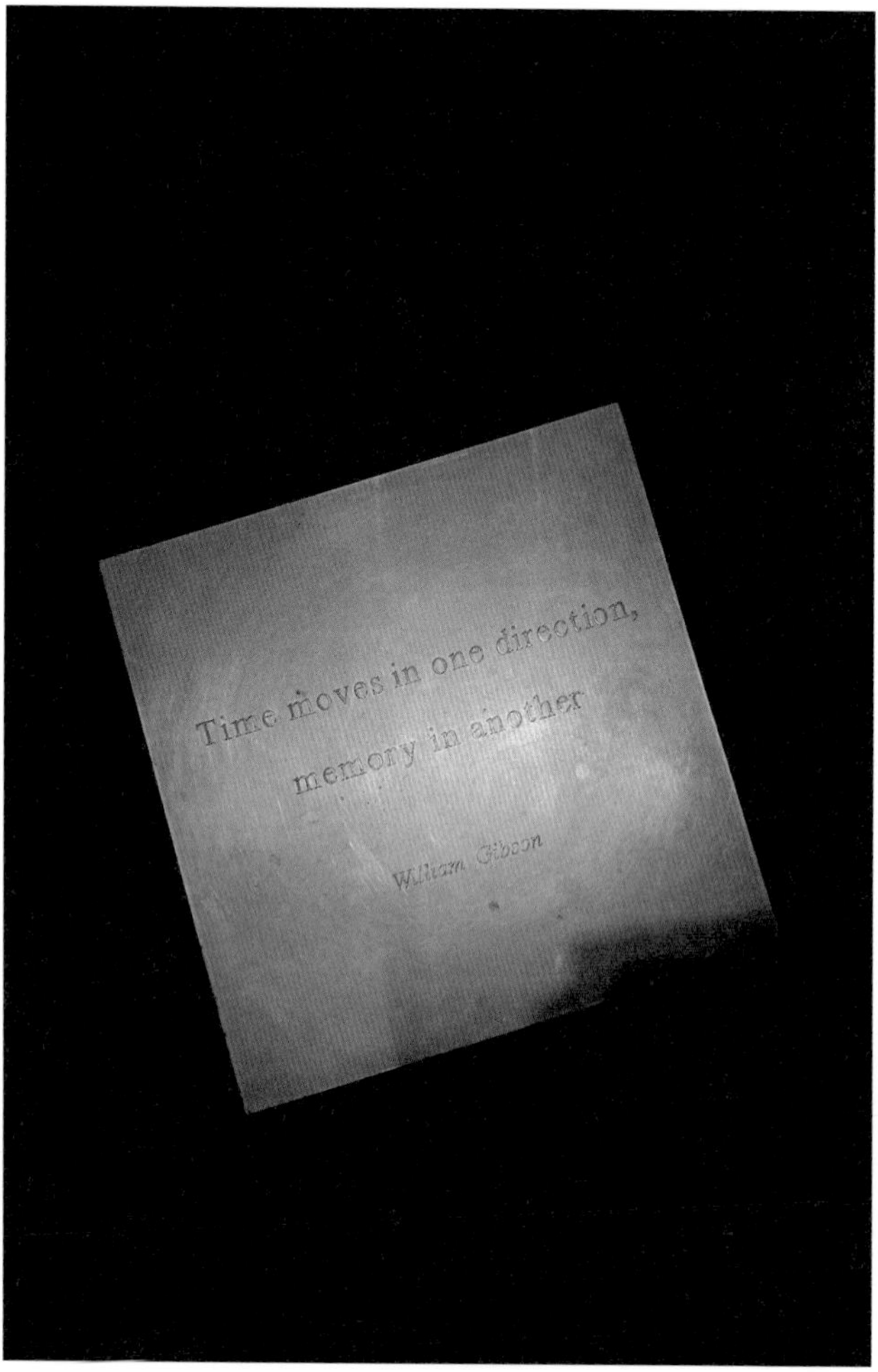
Time moves in one direction,
memory in another
William Gibson

# 終戦日郵便ポストの闇の中

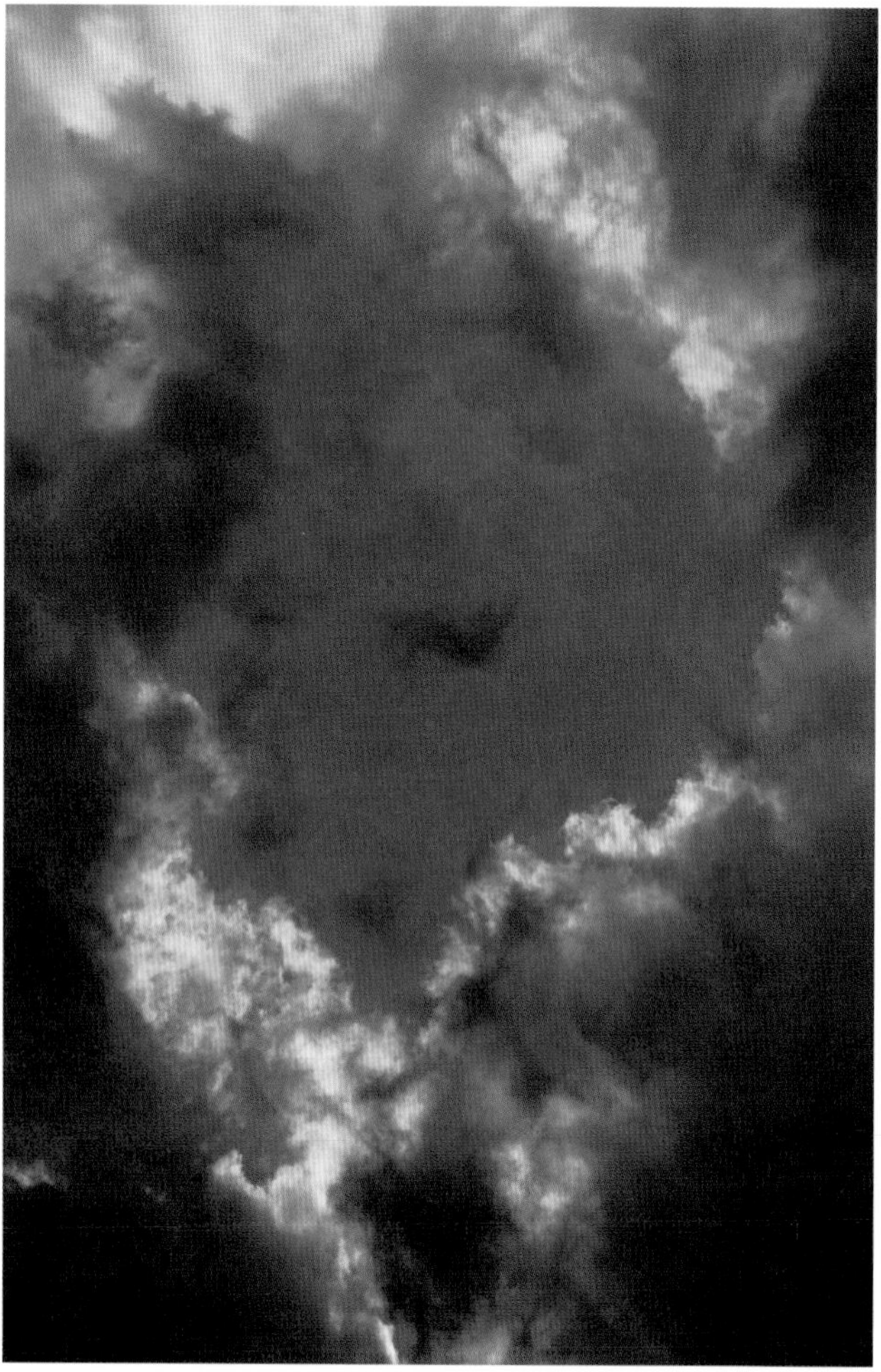

新しき酒古き盃に注げ旅人よ

# 老少年向日葵望郷の花として

金の星月の下にあり町はずれ

BAR
Table

さみしさのかたち水母揺れている

# すみれ草イーハトーブの森の奥

晴れた日にロンググッドバイ銀ヤンマ

著者略歴

浅井愼平（あさいしんぺい）

句集「二十世紀最終汽笛」等

写真集「ビートルズ東京」「巴里の仏像」等

小説「セントラルアパート物語」等

翻訳「気がついた時には、火のついたベッドで寝ていた」等

あれから何処へ　著者／浅井愼平　第一刷発行／二〇二二年七月七日
発行者／西井洋子　発行所／株式会社 東京四季出版
〒一八九－〇〇一三　東京都東村山市栄町二－二二－二八
電話／〇四二－三九九－二一八〇
shikibook@tokyoshiki.co.jp　https://tokyoshiki.co.jp/
印刷／株式会社シナノ　定価はカバーに表示してあります
ISBN978-4-8129-1044-3　